미생으로 살아간다

미생으로 살아간다

1판 1쇄 발행	2025년 5월 20일
지은이	김조현
발행인	이선우
펴낸곳	**도서출판 선우미디어**

등록 | 1997. 8. 7 제305-2014-000020
02643 서울시 동대문구 장한로 12길 40, 101동 203호
☎ 2272-3351, 3352 팩스: 2272-5540
sunwoome@daum.net greenessay20@naver.com
Printed in Korea ⓒ 2025. 김조현

값 13,000원

🏵 충청북도   충북문화재단

※ 이 책은 충청북도, 충북문화재단의 후원을 받아 예술창작활동 지원사업의 일환으로 발간되었습니다.
※ 잘못된 책은 바꿔 드립니다.
※ 저자와 협의하여 인지 생략합니다.

ISBN 978-89-5658-794-3 03810

미생으로 살아간다

김조현 수필집

선우미디어 sunwoomedia

Prologue

가난한 농부의 아들로 태어나 힘들게 성장했지만 나는 지칠 줄 모르는 아이였습니다. 젊음을 제대로 즐겨보지도 못하고 어린 나이에 공직 생활을 시작하였습니다. 좌충우돌하면서 셀 수 없는 실수와 좌절을 맛보았지만, 성공하고 싶은 열정이 넘쳤습니다.

청춘을 바친 직장 생활은 지방공무원의 꽃인 관리자로 가는데 우여곡절은 있었지만 거침이 없었습니다. 공직 시절을 되돌아보면 부서장으로서 손길 닿는 곳마다 우수 부서로 수상하는 영광을 누려 보기도 했습니다. 조국 근

대화의 선봉에서 기쁨과 슬픔을 함께 나누었으며 지방자치 시대가 열리면서 증평군을 설치하는 역사적 현장을 지켜본 것이 큰 보람으로 남았습니다.

나는 은퇴 후에도 쉬지 않고 한 회사의 임원으로 재직하고 있으며, 취미로 색소폰과 수필문학관 학생으로 출근하는 남자입니다. 더불어 요양원 봉사와 증평예술제, 인삼문화제 공연 등의 사회 활동을 하면서 새로운 보람을 느끼며 살고 있습니다. 우연히 소월 경암문학관 문을 두드린 게 계기가 되어 수필을 공부하여 등단도 했습니다. 인생의 또 다른 꿈이 현실로 이루어진 것입니다.

나는 인생의 기쁨과 보람을 느낍니다. 늦게 배운 도둑이 날 새는지 모른다고 글 쓰는 재미에 푹 빠져 열정의 꽃을 피우며 남은 인생을 보내고 있으니 이보다 더 행복할 수는 없습니다.

아들과 며느리 손자가 한 아파트에 거주하며 매일 손자를 보는 것은 내게는 비타민이고 보약입니다. 요즘 시대에 보기 드문 가정입니다. 딸과 외손자까지 3대가 함께 모여 시끌시끌한 우리 집은 웃음이 그칠 날이 없습니다. 이 모두가 가족이 함께 힘을 모아 서로 돕고 희생과 봉사로 똘똘 뭉쳐 살기에 가능한 일일 것입니다. 이제 남은 인생은 지금처럼 맛집, 유명 관광지를 가족, 친구들과 함께 여행하면서 살아간다면 무엇이 부족하겠습니까.

이 수필집을 출간할 수 있도록 창작 의지를 북돋아 준 이철호 교수님께 깊은 감사를 드리며, 문학관에서 따뜻한 손길을 내어준 평론가 김영기 선생님 그리고 이경영, 윤연옥, 최영숙 선생님과 더불어 여러 문우님들의 사랑에 고마움을 전합니다. 또 충북문화재단의 지원신청에 편집을 도와준 며느리 채빈에게도 감사한 마음을 전하고, 험난했던 시절 무한 사랑을 주시고 떠난 부모님의 영전에 이 글을 바칩니다.

앞으로도 미생을 살고 있으나 여전히 출근하는 남자로 향기 나는 인생을 꽃피우고 싶습니다.

2025년 봄
저자 김조현

차례

chapter 1

사라진 내 의자

사라진 내 의자

아침을 깨우는 알람 소리가 요란하게 울린다. 눈을 뜨고 어슴푸레한 창밖을 바라봤다. 어둠이 걷히고 여명이 밝아온다. 드레스 룸에서 허겁지겁 각 잡은 양복과 와이셔츠를 꺼내 입었다. 화려한 넥타이로 중심을 잡고 현관문을 나섰다.

사무실에 도착해 컴퓨터를 켜려고 스위치를 누르는 순간 화면이 열리지 않는다. 그러고 보니 책상 위에는 명패도 없다. 어찌 된 일인지 내 의자가 사라졌다. 직원들을 불러 찾아오라고 호통을 쳤다. 놀란 직원들은 할 말을 잃고 뒤에서 수군거린다. 주무 팀장이 찾아와 "과장님! 퇴직하고 무슨 일이냐?"라는 순간, 잠에서 깨었다.

꿈이었다.

장맛비가 창가에 흐르면서 이마에는 식은땀이 맺혀있다. 얼마나 출근하고 싶었으면 꿈에서도 직장에 가는 꿈을 꾸었겠는가. 축 처진 어깨에 엄습해 오는 허탈감을 감내하기 힘들었다. 두 주먹을 불끈 쥐고 입술을 야무지게 가다듬었다.

새로운 삶을 개척해야 한다. 지게차 운전, 전기기능사 자격증도 도전해 보았지만 젊은 사람이나 경력자가 아니면 채용해 주지 않았다. SNS 검색을 해도 뾰족한 수가 없기는 마찬가지였다. 세상에서 가장 소중한 것이 일하는 것이라는 것을 뼈저리게 느꼈다.

퇴직한 첫날, 나는 군대를 갓 전역하는 것처럼 좋았다. 직장 일들과 구속된 시간에 답답하여 늘 자유로워지고 싶었기 때문이다. 한동안 쉬고 싶을 때 쉬고 해외로, 국내로 여행하며 즐겼다. 그런데 반복되는 일상에 무기력

해지고 할 일 없는 시간이 지루하고 몸도 지쳐갔다.

　내가 인생을 잘못 살아왔던 걸까. 나를 찾는 전화도 없고 전화할 곳도 없었다. 할 일이 없다는 것이 나의 존재를 온통 흔들어 놓았다. 세상에서 나 홀로 버림받은 인생인 것 같아 외롭고 우울한 시간이 지속되었다.

　나의 첫 의자는 초등학교 목제 의자로 시작해서 내 삶의 터전을 닦은 것 같다. 교실 의자는 내 인생의 기초를 다져주고 사회와의 가교를 이어준 이음 의자였다. 취업 후 내 의자는 새마을 마크가 그려진 철제의자였다. 팔걸이가 없는 이 의자는 천상의 계단을 걷는 사다리 의자였다. 초보 시절 좌충우돌하면서 한 계단 올라가다가 떨어지고 셀 수 없는 시행착오의 연속이었다. 그러나 사다리를 붙잡아 주던 선배들의 도움을 받아 성공적으로 직장 생활을 할 수 있었다.

　중년이 되었을 때 팀장 보직을 받으면서 비로소 팔걸이가 있는 회전의자에 앉게 되었다. 마침내 관리자로서 지휘봉을 받아 일하게 된 것이었다. 초보 시절과 팀장 때는 피아노처럼 색깔을 분명하게 때론 색소폰처럼 자기의 소리만 냈지만, 지휘봉을 잡고 일하는 것은 또 다른 일이었다. 각 악기 마다의 특색을 살려주어야 하고 전체적으로 화음도 끌어내야 부서가 빛나게 되기에 팀과 팀 간의 협동과 실과와 중앙과의 네트워크를 구성하여 추진했다.

이렇게 최선을 다한 결과물로 내가 가는 부서마다 중앙부처 우수상과 시상금을 받아 '하면 된다'라는 자부심과 긍지를 심어 주는 보람도 있었다. 하지만 그때 밤새워 일했던 동료들의 아픔과 시련을 나는 과연 얼마나 이해하고 보상했을까? 앞만 보고 자리 지키기에 연연했던 모습이 한없이 부끄러워진다.

현직에 있을 때는 내 가정을 지켜주고 우리들의 생명과 재산을 보호해 주는 자리인지 그땐 왜 몰랐을까. 퇴직하고 나서야 사라진 의자가 소중한지를 절실히 알았다. 의자는 계속 바뀌면서 나와 동행했다. 퇴직 후 중소기업 회사 임원으로 또는 공공기관의 계약직으로 근무하고 퇴직과 이직을 오가며 불안정한 직장 생활을 했다.

이대로는 안 되겠다 싶어 새로운 직장에 응시원서를 제출했다. 회사로부터 연락이 왔다. 이 달 중으로 채용하여 발령하고자 하니 사전 인터뷰했으면 좋겠다는 전화였다. 인생의 유효기간이 끝나는 것만 같아 걱정하고 있을 때 내게 찾아온 반가운 소식이었다. 인생의 끝자락에서 이렇게 멋진 새 의자를 다시 찾게 되나 하고 기대했지만 안타깝게도 소식이 없다. 회사의 입장도 알 수 없다. 사라진 내 의자를 다시 찾으려고 꿈에서 직장을 찾아갔지만, 이것도 꿈인가 싶다.

언젠가는 새로운 회사에 둥지를 틀고 산업 현장에서 묵묵히 일하는 동료들의 기쁨과 슬픔을 함께하면서 일을 해보리라 다짐하지만 새로운 의자를 언제 만날지는 알 수가 없다.

오늘 이 시간이 지나가면 다시 오지 않는다. 나와 만난 사람들을 소중하게 여기며 살아가야겠다. 내가 존재하고 있는 삶의 현장이 카르페 디엠*이다.

---

* 현재를 즐겨라

손을 모아 주세요

지난밤 장대비가 매서운 바람과 함께 내렸다. 걱정으로 겨우 잠들었다가 아침에 눈을 뜨니 햇살이 환하게 비친다.

오늘은 기대하고 기다리던 육백 마지기를 다시 보기 위해 자동차를 몰았다. 해발 1,200고지이지만 자동차로 갈 수 있다. 평창에 있는 청옥산 육백 마지기는 볍씨 육백 말을 뿌릴 수 있을 정도로 넓은 평원이라 하여 붙여진 이름이다. 넓은 초원으로 이미 많은 사람에게는 평창 여행의 명소로 손꼽힌다. 굽이굽이 굽어진 산길을 따라 올라가면 풍력발전기가 보인다. 가까이서 발전기를 볼 수 있는 것만으로 이국적인 경험을 할 수 있다. 발전기가 하나둘 보이기 시작하면 점점 하늘로 올라가는 기분이다. 파란 하늘에 가까워지고 구름은 손에 잡힐 듯하다.

이곳의 가장 아름다운 시기를 꼽자면 유월이 아닐까 싶다. 해마다 유월의 이 넓은 초원에는 '샤스타데이지'가 만개하여 마치 꿈속에서 보는 듯한 꽃밭에 와있는 듯했다. '계란프라이 꽃'으로도 불리는 '샤스타데이지'는 화려하진 않아도 드넓은 초원에 가득히 피어서 장관을 이루곤 했다. 초원을 가득 채운 데이지꽃은 바라보는 것만으로도 푸르고 생기 있는 생명의 기운으로 가득했다.

카메라를 들고 여기저기 사진을 찍다 보면 명당이 아닌 곳이 없을 정도로 주변을 둘러싼 산세와 맑은 하늘이 이뤄내는 아름다운 풍경은 눈과 마음으로 담고, 사진으로 한 번 더 담아 인생샷을 건지곤 했다.

푸른 초원에 핀 꽃들에 반하고 하늘을 바라보면 그림 같이 수려한 산세와 그 위에 걸려있는 구름이 장관이었다. 꽤 넓은 초원을 걷는 내내 여기저기 둘러볼 때마다 감탄이 터져 나오곤 했다. 뜨거운 햇볕이 내리쬐며 걸으니 덥다는 느낌이 들 때쯤엔 시원하고 깨끗한 바람이 불어 더위를 식혀주었다.

산속에서 맞는 아침은 고요하면서 신비롭다. 내려앉은 이슬과 촉촉이 젖은 흙냄새, 초록빛을 뿜어내는 풀 내음까지…. 사람들이 많지 않은 시간이다 보니 고요한 육백마지기를 나 홀로 오롯이 즐기곤 했다. 바라보는 것만으로도 가슴이 탁 트이니 귀한 선물을 받는 듯 행복했다. 아름다운 꽃들과 푸른 초원 그리고 그 앞으로 펼쳐진 파란 하늘까지, 어떠한 설명으로도 눈에 담는 것만큼의 만족감을 줄 수 없을 것이다.

답답한 일상에서 벗어나 자유롭게 떠나 천상의 화원에서 보내는 오늘 하룻밤을 기대하였다. 그동안 쌓였던 답답함과 우울함까지 날려버리고, 자연이 선물하는 풍경, 향기, 기운만을 한가득 담아서 돌아가고 싶다.

그런데 올해는 기대한 '샤스타데이지'가 사라졌다. 데

이지는 주차장 한쪽에 초라하게 둥지를 틀고 남아 있었다. 어찌 된 일인지 환상적이고 이국적인 풍경은 온데간데없고 사라져 보이지 않는다. 원래 데이지는 4년에 한번 정도 모두 뽑아내고 씨를 파종해야 하는데 지난해는 기후변화로 생육이 부진하여 자라지 못했다는 것이다. 척박한 고산지대의 환경을 이겨내고 꽃이 피듯이 내년에는 화려한 자태를 볼 수 있는지 기다려진다.

사라진 천상의 화원을 보니 지난날이 생각났다. 지방자치가 탄생하면서 행정도 많은 변화를 가져왔다. 오늘날 '벨포레'가 중부권 최고의 관광지로 부상하기까지는 우여곡절이 많았다.

그때 군에서 지역개발에 모든 행정력을 기울였음에도 차기를 꿈꾸는 의회와의 알력으로 자칫 포기 직전으로까지 갔다. 의회가 집행부를 도와주기는커녕 침몰하기 직전 아슬아슬한 사태까지 이르렀다. 진정 누구를 위한 행정인지 영혼이 흔들리는 느낌이었다.

그런데 지금은 중견 기업이 인수하였고 둥지를 틀어

사업을 완수했다. '벨포레'를 방문하면 더 감회가 새롭다. 천상의 화원이 기후변화에 적응하지 못하고 꽃밭을 갈아엎고 씨앗을 뿌리고 따뜻한 손을 모아 재탄생하듯이 우리 지방자치 행정도 정쟁의 소용돌이를 극복하고 지방자치의 꽃이 피는 천상의 화원처럼 르네상스 시대를 꿈꾸어 본다.

기둥

"아니 세상에 이런 일도 있나요?"

"도대체 무슨 일인데 그래요?"

팀장이 보고를 올리며 열변을 토했다.

"자리에 앉아 차근차근 이야기해 봐요."

그제야 긴 숨을 내쉬고 나서 팀장이 다시 설명했다. 군수의 결재가 끝나고, 주민 열람공고와 모든 절차를 마친 법안이다. 그것을 '의회에 상정'하려고 하자, 상부로부터 보류하라는 통보가 왔다는 것이다.

축산단체로부터 강력한 민원이 제기되자 입법을 철회

하려는 방향으로 잡은 것이다. 사실 증평은 과거 어려운 시절, 37사단 부사관 전역자들이 군부대의 부식 찌꺼기를 받아 돼지 사육을 하면서 축산농가가 번성하기 시작했다. 그런데 세월이 흐르고 도시가 빠르게 발전하면서, 축사 난립으로 인한 악취 문제로 민원이 발생했다. 시대 여건상 일정 지역에 축사증축을 제한하고 신규 축사 난립을 방지하는 '가축사육 제한구역 지정 조례' 제정에 급제동이 걸린 것이었다.

축산단체가 집단으로 처리 불가를 주장하고 나서니 책임자로서는 민심도 살펴야 하는 고충도 있다. 어떻게 해결해야 할지 진퇴양난이다. 팀장과 팀원들을 바라보았다. 눈가에 촉촉한 눈방울이 맺힌 채 고개를 떨구고 말이 없다. 직원들은 방향타를 잃은 난파선이 거친 파도를 만나 망망대해에서 구조를 기다리고 있는 모양이다.

난파된 배에서 오직 도움의 손길만 기다리는 그 심정을 누가 알 것인가. 가슴 답답하고 목이 마른다. 지난날이 스쳐 갔다. 실무자 시절 다수 민원에 시달릴 때 아무도 의견을 주지 않고, 결정도 해주지 않았다. 상사들의 무책임과 지휘봉 실종 사태 때 좌절했던 기억이 떠올랐다.

그때 다짐한 결심이 있다. 리더의 지도력이 무너질 때 그 피해는 고스란히 군민에게 돌아간다. 다시는 이런 일이 생기지 않도록 해야 한다는 게 그것이었다. 팀장을 불러 업무 추진의 장단점을 분석하고 보고서를 다시 만들었다. 그래도 결과는 변함이 없었다.

마음속으로 '이번 일이 잘못되면 모든 책임은 내가 지고 일선으로 물러가겠다.'라는 결심을 했다. 정책 시행 시 새로운 축산농가가 더 진입하기 어렵고, 기존 농가는 오히려 수요 공급을 적절히 조정할 수 있다는 장점을 최대한 설명했다. 나는 부서장 책임으로 추진하겠다며 배수의 진을 쳤다. "김 과장!" 하고 부르는 소리가 문틈으로 새어 나왔지만 무슨 똥배짱일까. 아무런 대책도 없이 큰소리만 치고 나왔으니 도망가던 강아지가 주인집에 가까이 오자 뒤돌아서서 으르렁대며 짖어대는 모습이다.

하지만, 이후 관련 팀과 부서에 일체 보안 유지를 당부하고 군의회와 협력법안을 제정 공포하여 오늘에 이르렀다. 그때 부서 직원들은 축구에서 역전승을 거둔 것처럼 환호하던 모습이 지금도 눈에 선하다.

돌아보면, 내 가정에서도 힘들고 어려운 날들이 많았다. 아내가 산후 우울증으로 고생하기도 했고, 아들이 사랑 때문에 아파할 때 긴 세월 가슴 찢어지는 슬픔에 잠겨 있기도 했다. 모진 풍파에도 넘어지지 않고 고난이 닥칠 때마다 가장으로서 중심을 잡아야만 했다 그 희생이 가정을 든든히 세우는 기둥이 된 것이다.

신인문학상을 받을 때다. 저녁을 함께하는 자리에서 아내가 "당신의 든든한 기둥이 있었기에 오늘이 있는 것이다."라며 축하해 주었다. "아니, 옆에서 나를 응원해 준 가족 덕분이다."라고 대답했다.

들에 활짝 핀 꽃들을 보면 저 꽃이 피기까지 얼마나 많은 시련과 고난이 있었을까. 세상의 바람 앞에 흔들리며 아름다운 꽃을 피웠으리라고 생각해 보니 그 중심에 흔들리지 않는 뿌리가 있었기에 꽃을 피울 수 있었다. 지금 껏 살아오면서 순간순간 쉬운 일은 없었다.

등단식을 마치고 집에 오는 동안 손자들의 해맑은 모습을 바라보니 그간의 힘들었던 시간이 눈 녹듯 사라진다.

인생을 살아가며 가꾸는 동안 중심을 잡고 변화를 이끌어 가는 삶이 그리 녹록지 않았다. 그러나 내가 있는 그 자리에서 우직하게 뿌리를 내려야만 했다. 흔들림 없이 중심을 지킨 뿌리는 든든한 기둥이 되었다.

아름다운 세상을 만들어가는 한 귀퉁이, 이를 감당하는 기둥 말이다.

동행

우리는 한솥밥을 먹은 든든한 친구들이다.

친구들 중에는 한때 보건 행정의 최전선인 보건소장으로 지내며 메르스와의 전쟁을 치렀고, 농촌 지역 진료소 소장으로 재직하며 지역민의 건강도 지키고, 애환도 들어주며 봉사하고 은퇴했다.

내가 등산 중 넘어져 골절되었을 때 물리치료도 해 주고 건강상담도 해 주는 등 생사고락을 함께해 준 참 고마운 친구들이다.

팀장인 '순이' 친구는 내가 은퇴 후에도 튼튼하지 못해

검진을 받으러 서울의 병원에 갈 때면 동행해 주고, 자신의 간호 경험을 바탕으로 의사 선생님과 직접 상담도 해주는 친구다. 마음의 길잡이까지 되어주는 간호사 절친이다. '영이' 친구도 기능성 영양제를 추천해 주는 등 건강상담을 해 준다.

이런 친구들과 정기적으로 함께 산행과 등반을 해왔다. 유명한 산의 야생화 축제도 함께 관람하고, 전국의 유명한 길로 다니며 등산도 했지만, 그간은 지루한 장마와 코로나로 외출을 삼가고 조용히 지냈다. 그러다가 대전 계족산 황톳길을 함께 걷자고 의견을 모았다.

계족산 황톳길은 14km에 달하는 길이로 본래 5월이면 맨발 축제가 개최되기로 유명하다고 한다. 청주에서 대청호로 출발하자 차창 너머로 펼쳐지는 아름다운 풍경에 웃음꽃이 피어난다. 우리의 관심사는 자녀들의 결혼과 손주 출산 등이다. 출가하지 못한 자녀에 대한 고민과 태어날 손자, 새로운 가족인 사위와 며느리 이야기로 고민과 행복을 나누면서 시간 가는 줄 모르고 웃다 보니 어느덧 계족산에 도착했다.

들머리에서 산에 오르자 곧 황톳길이 나타났다. 평일인 데다가 코로나 영향으로 사람이 별로 없어 트래킹 하기에 매우 좋았다.

흙 향기 그윽한 황톳길이 절로 마중을 나오니 다들 흥취가 올라 맨발로 걸었다. 신발을 벗고 사뿐사뿐 걷기 시작하니 발걸음의 작은 촉감 하나하나가 감미롭게 느껴졌다. 계족산을 따라 굽이굽이 이어지는 자연이 선물한 황톳길을 걷자니 걷고 싶은 길로 손꼽힌다던 말이 생각났다.

산책하며 지난 직장의 희로애락을 함께 나누다 보니 어느덧 발을 씻을 세족장에 도착했다. 발을 씻고, 인증사진도 찍고, 정자에 둘러앉아 가져온 견과류와 음료수를 즐기며 한 차례 휴식했다. 등산이 가능한 '영이' 친구와 나는 땀을 흘리며 등산했다. 현역 때부터 등산으로 몸을 다져왔기에 힘은 들어도 어느덧 단숨에 정상에 오르니 태풍 '바비'가 몰고 온 바람이 자못 시원했다.

멀리 대청댐의 푸른 호수가 한눈에 들어오는 것을 보니 광야를 다 품은 듯 목청껏 소리 질러 몸을 풀었다. 산은 자신을 찾은 나와 친구들에게 '보람'이라는 선물을 가슴 가득 안겨주었다.

　하산 후에는 인근 보리밥집에서 추억의 보리밥을 나누어 먹고, 카페에서는 향기 나는 커피 한잔에 지나간 추억과 어린 시절로 돌아간 듯 기억을 담아 맛있게 즐겼다. 팀장인 순이는 다음에 산에 가서 산나물을 채취하면 맛난 산나물 꽃밥을 손수 만들어서 현역 때 든든한 뒷배가 되어준 것에 대한 마음을 담아서 해주겠다고 했다.

　직장에서 만난 친구들은 힘들 때 서로에게 위안이 되었고, 현직을 떠난 지금 내 인생에 있어 가장 소중하고 보석 같은 존재다. 등산과 트래킹은 체력과 마음을 치유하고 선물할 뿐 아니라 이런 친구들과의 우정을 담는 너른 그릇처럼 변함없다.

　친구들과 이 동행을 계속 이어가고 싶다.

집으로 가는 길

호흡이 답답하다. 숨이 멈출 것만 같다. 이마엔 식은
땀이 흐르고 말을 건넬 힘조차 없다.

아내가 급히 119구급차를 불렀다. 병원 응급실에 실려
들어간 나는 정밀검사부터 받았다. 의사는 가슴에 결막
염이 생긴 것이라고 알려 주었다. 입원하여 치료를 받아
야만 했다.

침상에 누워 창밖을 보니 저녁노을이 짙게 깔려 있고
구름 사이로 빗줄기가 내리고 있다. 기러기 떼가 무리를
지어 하늘 저편으로 날아가는 데 집에 갈 수 없다는 사실

에 가슴이 답답하다. 불혹의 문턱 서른아홉 살 봄날, 나에게 불청객이 찾아온 것이다. 직장에 출근할 수도 없고 가장으로 해야 할 가정일에도 전혀 손을 쓸 수가 없다.

그동안 내가 아니면 세상이 돌아가지 않을 것처럼 열심히 살아왔다.

남편의 빈자리는 아내가 대신하여 살림살이를 꾸려갔다. 지인들과 친척들의 위로 방문에 하루빨리 건강을 회복하고 싶은 생각이 간절했다. 직장 동료 직원은 내가 할 일들을 나누어 진행하고 있다는 소식을 들려주었다. 역사는 내가 만들며 사는 줄 알았지만, 내가 없어도 역사는 흘러가고 있다는 사실을 새롭게 깨닫는 시간이었다.

치료가 순탄하게 진행되었다. 병실에 누워있는 또 다른 환자가 한의원을 소개하며 바로 완치될 것이라면서 희망의 말을 해 주었다. 그런데 하루빨리 낫고 싶은 심정으로 처방받은 한약을 복용한 것이 화근이 될 줄이야. 독성으로 간이 손상되어 소화가 잘 안되며 복통을 일으킨 것이다.

일 년 동안 한 발짝도 걷지 못했다. 이 어려움을 겪으면서 좌절했다. 투병에 지쳐 삶의 희망을 잃고 모든 것이 무너졌기 때문이다.

오랜 투병으로 출근을 못 하고 있을 때다. 정말 많은 도움을 받았다. 동료 직원들은 내 업무를 대신 처리해 주는 등 정성스럽게 도와주었다. 말벗이 되어주는 동료들의 정성은 따뜻하고 고마웠다. 또 간호직 동료는 간호뿐만 아니라 트라우마 치료까지 해 주었다.

내 옆을 든든히 지켜준 아내도 큰 위로와 힘이 되었다. 이 모든 배려와 도움의 손길은 아름다운 꽃향기처럼 내 마음에 큰 용기를 주고 나를 더욱 단단하게 만들었다.

건강한 몸으로 집에 가는 날을 꿈꾸었다. 밤낮을 가리지 않고 동분서주하며 업무를 성공적으로 하고 싶은 열정이 샘물처럼 솟아났다. 얼굴엔 희열이 가득 찼다. 두 손을 불끈 쥐어보며 심호흡도 해보았다. 무엇인가 할 수 있겠다는 소망이 절망의 늪에서 나를 일으켜 세우는 것만 같다. 건강을 잃으면 모든 것을 잃는다는 말이 이토록 가슴에 다가올 줄은 예전에 미처 몰랐다.

　이때 겨울 산행으로 덕유산에 올랐다. 겨울 눈꽃이 절정이었다. 하얀 면사포를 둘러쓴 순결한 신부의 자태를 지닌 설산의 풍경은 보고 또 보아도 질리지 않는 자연의 경이로움이다. 눈과 서리를 감싸안고 핀 설화는 그 어떤 꽃보다 눈부셨다. 시리도록 파란 하늘 아래 쏟아지는 금빛 햇살을 받아 수정처럼 부서지는 눈꽃의 향연은 보석보다도 영롱했다. 겨울 산행처럼 힘들고 어려워도 눈꽃처럼 인고의 꽃을 피우며 살아보리라.

　차디찬 겨울에도 영롱하게 피어나는 눈꽃처럼 찬바람을 맞이하는 나무에도 말을 건다. 내 말이 반가워 산들바람에 나뭇가지를 흔들며 손짓한다.

　고난의 세월을 겪고 보니 이제 알 것 같다. 생명의 가치와 자연의 풍요로움을 거저 누리는 게 아니라는 것을, 살아가면서 이웃과 동료의 따스한 손길, 넓은 마음과 봉사의 손길이 또 다른 나를 발견하게 했다. 겨울이 가고 봄이 오듯이 절망의 터널에서 생명의 숨결이 소중함을 알았다.

병실의 삶이 힘들었지만 소중한 사람들이 있어 마음이 훈훈했다. 아픈 시간은 나를 더욱 성숙하게 했다. 긴 겨울을 이겨내고서야 소소한 하루를 살아가는 것이 얼마나 큰 행복인지 알게 되었다. 나도 누군가에게 꿈과 삶의 꽃을 피워주는 따뜻한 사람이 되고 싶다.

첫걸음

또 한 해가 저물고 있다. 한 장 남은 달력 앞에서 지난 시간 앞에 후회도 하고 성찰도 하게 된다.

되돌아보면, 내 인생도 자연처럼 쉼 없이 계절 따라 수 없는 굴곡을 지나왔다. 얼음 속에서 피어난 복수초를 시작으로 화려했던 봄날의 꽃 잔치가 끝났다. 그리고 태양의 빛을 따라 무성하게 짙어진 녹음도 빛바랜 낙엽으로 뒹군다. 코끝이 시린 칼바람 부는 동지섣달이 지나면 나이 한 살을 더 먹는다.

은퇴 준비가 중요하다고 생각했지만, 준비된 것도 없

다. 앞으로의 계획도 세우지 못한 채 마음만 혼란스럽다. 발등의 불이 급하다 보니 은퇴 후의 삶을 준비하지 못한 것이다.

퇴직 후 무엇을 하고 시간을 보낼 것인가? 새로운 삶을 개척해야 한다. 정말 이 사회에서 쓸모가 없는 사람이 되어 가는 거는 아닌가 하는 불안감까지 들었다. 삶의 무게를 감당하기 힘들다. 아이들 키우고 결혼시키느라 보내온 세월이 반평생의 주름살로 남았다.

소년 시절로부터 공무원으로 지나온 40년 열정과 청춘을 바친 공직 생활에 마침표를 찍고 5년의 세월이 흐르는 동안 나는 점차 무기력해지고 성취감도 못 느끼고 무언가 채워지지 않는 가슴 답답함이 있을 때였다.

증평군 관계자가 소월 경암문학관의 시인 수필가 강좌가 있으니 한번 해보라고 권유하면서 "직장의 퇴직은 있지만, 문학은 퇴직이 없잖아요. 평생 글짓기 농사를 가꾸도록 응원할게요."라는데 순간 가슴으로 확 다가오는 느낌이었다. 한편으로는 과중한 업무로부터 해방되어 자유롭게 한 마리 새처럼 세상을 날아다닐 수 있을 것만 같았다.

'내가 할 수 있을까? 학교 다니는 동안에는 글을 쓸 줄 몰라 맘고생을 했는데…. 그래도 한번 해보자.'라는 결심이 생겼다.

첫 글쓰기 소재를 등산길에 들려오는 산새들의 노래와 들풀들이 들려주는 순정의 이야기를 글로 엮어내는 동안 내 가슴에 기쁨과 슬픔으로 다가오는 소녀의 속삭임처럼 책갈피에 내려 앉는 것 같았다.

이렇게 소박한 나의 글들이 낙엽 쌓이듯 책장에 모아졌다. 그러나 엉성하고 문학성도 없는 보잘것없는 글들이었다. 그러던 어느 날 교수님께서 뜻밖에 격려와 함께 보듬어 주셨는데 나는 부끄러운 한편, 마음에 위로가 되고 보람이 느껴져 감사했다. 교수님의 세심한 지도와 응원으로 새로운 인생을 한 걸음 한 걸음 오르는 것 같아 기쁨을 주체할 수가 없다.

남은 인생의 여정을 수필로 꽃피워 보고 싶다는 생각

에 오솔길을 걷는 발걸음은 가볍기만 하다.

올해 12월은 공직 생활로 굳어진 내 인생의 과거를 벗어나 문학을 배우는 새로운 인생의 첫걸음을 만들어준 달이다. 감성이 없는 내가 수필을 쓸 수 있다니 놀랍기만 하다. 인생의 후반기에서 기쁨과 삶을 누리게 해주고 삶의 목표와 방향이 생겼다. 한해의 끝이 아니라 새로운 인생의 꽃길을 걷게 해주고 또 다른 청춘을 안겨준 문학이 함께 하기 때문이다.

문학의 대중화와 문화 예술적 기반을 마련하기 위해 경암 소월문학관이 증평군에 건립되었다. 한국문학의 성지로 자리매김하도록 혼신을 기울이는 교수님의 열정에 감탄하지 않을 수 없다.

한 달 남은 저 달력을 넘기면 계묘년의 새해가 온다. 반짝반짝 빛나는 토끼의 눈처럼 내가 바라보는 문학의 길에도 새날이 오리라 기대해 본다. 이제 문학의 숲길에 푹 빠져 살고 싶은 마음을 수필의 배터리에 가득 충전하기로 했다.

미생으로 살아가는 법

"둘을 합쳐서 다시 나눴으면 좋겠다. 이놈은 이래서 마음에 안 들고 저놈은 저래서 꼴도 보기 싫고…."

"또 그 소리다. 왜 그렇게 사람이 부정적이야? 김 팀장은 이래서 마음에 들고 이 팀장은 저래서 마음에 들고로 바꿔서 생각하면 되잖아? 어차피 그게 그건대."

투덜 박사로 소문난 김 과장은 오늘도 직원 흉보기에 밤을 새울 태세다. 실제로 챙겨줄 건 다 챙겨주고 지킬 의리 안 지킬 의리까지 오지랖의 황태자로 불리는 그이지만 입으로는 습관처럼 직원들을 씹어댄다.

기획 부서에는 두 명의 대조적인 직원이 근무한다. 바로 '김' 팀장과 '박' 팀장이다. 부서 내 다섯 개 팀 중에서 핵심부서를 맡은 두 팀장은 견원지간이다. 안 맞는 수준이 아니라 어디에다 비교해야 좋을까 싶을 만큼 엄청나다.

'김' 팀장은 부서의 중추인물이라 할 만큼 스마트하다. 머리가 비상하고 아이디어가 넘쳐난다. 추진력도 뛰어나 일을 시작하면 끝장을 보는 데다 심지어 속도까지 빠르다. 문제는 모든 주위 사람이 고개를 설레설레 흔드는 마력을 소유했다. 성에 차지 않으면 부하직원을 타 부서 전출 발령 요청도 서슴지 않는다. 그런 팀장 밑에서는 일할 수 없다고 출근 사흘 만에 사표를 집어 던진 직원도 있다. 직원들에게 막말은 기본이고 거의 분노 조절 장애가 있는 사람처럼 눈이 뒤집히는 품성을 가지고 있다. 그러다 보니 주변 사람들이 모두 불편해한다. 정이 뚝 떨어져 절대 함께 일하고 싶지 않은 유형이다. 그만한 브레인이 없기에 과장은 어르고 달래며 속앓이한다.

이와는 상극을 이루는 '박' 팀장은 인사 고과 때면 참 애매하게 상사를 고민시키는 전형적인 스타일이다. 업무에 유능하지도 무능하지도 않은 어정쩡한 스타일이다. 그런데 업무 외에 출중한 재주가 있다. 일단 사람의 마음을 헤아린다. 누가 무엇을 필요로 하는지, 무슨 도움이 필요한지를 탁월하게 확인하고 말없이 도와준다. 생색이라고는 없다. 그래서 그는 눈에 띄지 않는다. 그러나 그가 교육이라도 가서 자리를 비울라치면 여기저기 불편함이 생겨난다. 미리미리 알아서 그림자처럼 움직이던 그가 없어진 부작용이다.

박 팀장의 지인은 그를 언제나 타박한다. 자기 PR 시대에 그런 배려는 바보짓이라는 거다. 누가 알아주냐? 그러니 고생하는 거에 비해 진급이 느린 거라고 말한다.

그러나 그런 핀잔은 조직을 과소평가하거나 오해하니까 하는 말이다. 당장은 손해 보는 것 같지만 조직은 누가 얼마만큼 공헌하는지 자로 잰 만큼 정확하게 파악하고 있다. 어느 조직이나 마찬가지다. 직장 생활은 단거리

경주가 아니라 마라톤이다. 결국은 소리 없이 남을 배려하고 도와주는 인성은 미생에서 살아남는 히든카드일 것이다.

chapter 2

인연

마지막 선물

세계인의 축제인 88 올림픽이 열린 해였다. 형님으로부터 다급한 목소리로 전화가 왔다.

"동생! 동생!"

형님의 목소리는 떨리고 있었다. 어머니가 위독하여 청주의 병원에 입원했다는 것이다. 이 무슨 날벼락인가? 급한 상황임에도 형님은 내게 천천히 오라고 당부했다.

쇠망치로 머리를 한 대 드세게 얻어맞은 기분이다. 어머니는 이제 65세, 겨우 회갑을 막 지나고 있었다. 늘 건강하신 분이었다. '대체 무슨 일이지?' 밀려오는 불길한

예감과 충격에 쿵쾅거리며 뛰는 가슴을 억누르며 발걸음을 서둘렀다.

어린 남매를 챙겨 함께 택시를 타고 청주의 서울병원 응급실로 갔다. 그 고통 속에서도 병상에 누운 어머니가 손주들을 보고 환하게 웃으셨다.

"아들아, 네가 왔으니 이제 마음이 놓이는구나. 나 죽는 거 아니지? 살 수 있지? 그래 수술 끝나고 보자?"

이어서 내 손을 꼭 부여잡고 "아들아, 오느라 수고했어 사랑한다. 그래 엄마는 둘째를 믿는다."하고는 힘없이 손을 놓으셨다.

"맥박이 떨어지고 있어요. 곧, 임종하실 것 같습니다."

의사 선생님이 말했다. 어머니는 경운기 교통사고로 갈비뼈 골절과 내출혈이 일어났다. 둘째 아들이 올 때까지 기다리겠다며 진료를 완강히 거부해 끝내 수술 타이밍을 놓친 것이다.

가슴이 무너졌다. 수술할 의사가 없어 큰 병원으로 이송하려는 와중에 급격히 상태가 악화하고 있었다.

"선생님 모든 수단을 다해보세요. 무엇이든요. 네? 제발! 살려만 주세요."

어머니를 목 놓아 불러도 아무 말이 없으셨다. 아들에 대한 큰 믿음과 희망 때문에 한마디 힘들다는 말도 못 하고 생 전체를 등지고 황급히 가셨다. 이것이 어머니의 마지막 사랑인가. 내 가슴엔 이 순간을 받아들일 여백이 없다. 망연자실하고 참담하여 목이 멜 뿐이다.

극빈하던 내 어린 시절, 아버지는 하얀 쌀밥을 드셨고, 형님은 그의 반쯤의 쌀밥, 둘째인 내 몫은 꽁보리밥이었다. 참다못한 내가 부엌에서 투정을 부리며 쌀밥을 달라 조르면, 어머니는 아버지의 하얀 쌀밥을 조금 덜어 내 밥그릇 위에 살짝 얹어 쌀밥 한 그릇을 마술처럼 만들어주셨다. 맛있게 먹는 아들을 바라보며 입가에 행복한 미소를 띠셨다. 정작 어머니는 보리밥 누룽지에 물을 말아 밥을 드셨다. 먹을 것도 입을 것도 없던 혹독하게 가난한 시절에 자식들을 키우느라 한평생 고생만 하셨다.

"넌 무엇이든 잘할 수 있다"라는 믿음을 주시던 어머

니의 아들 사랑은 끝이 없었다. 아들에 대한 어머니의 확고한 믿음과 무한한 사랑 덕이었을까. 고등학교 때 공무원 시험에 합격했다. 초록색 점퍼 하나를 사서 입혀주시며 멋진 사회 초년생으로 만들어주셨다. 마을 잔치를 열고 혼자 신이나 부엌에서 덩실덩실 춤을 추시던 그 모습이 눈에 선하게 떠오른다.

늦게라도 어머니께 선물을 전해야 한다는 생각이 파도처럼 밀려왔다.

나는 아내와 함께 고급 속옷 가게에 함께 갔다. 브래지어와 내복 세트를 구매하여 아내에게 주며 말했다. "하나는 지난 40년의 공직 생활을 성공적으로 마무리하도록 힘껏 내조해 준 고마운 당신에게 주는 선물이다. 또 하나는 어머니께 못해 드린 그리운 마음을 담은 선물이니 당신이 입어라."고 했다. 가슴이 울컥하여 목젖이 뜨거워졌다.

"어머니! 어머니!"

불러도, 또 불러도 어머니는 대답이 없다. 연달아 흐

르는 물처럼 따라오라고 따라가자고 속삭이는 그곳에서
환하게 웃으며 기다리는 어머님의 모습이 오늘따라 더욱
그리운 날이다.

그 목소리

아름다운 크로마하프 선율이 울리기 시작했다. 증평군
청에서 갖는 나의 퇴임식이다.

40여 년 공직 생활에서 힘든 일도 있었지만, 동료들과
함께 힘을 모아 극복해 낸 보람도 많았다. 정든 직장 동료
들을 떠나야 한다는 사실에 마음이 무겁다. 기관 단체장과
동료, 가족, 지인들이 참석했다. 그런데 나를 뜨겁게 안아
줄 어머니는 그 자리에 없었다. 가슴이 먹먹하다. 어머니
가 앉아계실 자리에는 가족들이 대신하고 있다.

그 순간 가난과 배고픔으로 시달리며 보낸 어린 시절

이 주마등처럼 눈앞에 펼쳐졌다.

"아들아! 얼른 와서 밥 먹고 학교 가려무나."

"싫어요. 맨날 먹는 조밥은 맛이 없어요."

조밥이 먹기 싫어 투정을 부리고는 등교했다. 한나절 이 지나 뱃속에서 꼬르륵 소리가 난다. 배고픔이 몰려왔 다. 왠지 모르게 짜증이 났다. 고개를 숙이니 옷소매에 눈물방울이 뚝뚝 떨어진다. 얼룩진 옷소매로 눈가를 비 비며 창밖을 바라보았다.

수업 중인 교실 창문가로 광목 치마와 흰 저고리를 입 은 어머니가 와 계셨다. 내심 부끄러워 고개를 숙이고 있 는데, 선생님이 알아채시고 도시락을 받아 내 책상에 올 려놓으셨다. 도시락 뚜껑을 여니 노오란 조밥이 소복하 게 담겨 있었다.

배고픔을 참으며 공부하는 아들이 걱정되어 오신 거 다. 자식이 싫다던 그 밥을 그대로 가져온 어머니의 마음 은 얼마나 속상했을까. 보릿고개를 넘기는 어머니의 고 생을 이해하지 못하는 철부지 아들이었다. 내 손을 꼭 잡고 집으로 돌아오시면서 뒤돌아서서 몰래 눈물을 훔치시고 다음에 꼭 쌀밥을 해 주겠다고 하셨던 목소리가 지금도 귓전에 들린다.

공무원 시험에 합격하고 부모님의 바람대로 졸업 후 첫 발령을 받았을 때다. 공직을 잘 수행할 자신이 없다는 생각이 들어 큰 누님을 찾아갔다. 나는 공직을 포기하고 한우 사육으로 큰 축산농장을 이루고 싶다고 했다. 누님은 펄쩍 뛰며 밤늦도록 나를 설득하고는 새벽에 집으로 돌아가라고 했다. 싸리나무 문을 열고 집에 들어가려는데 개들이 크게 짖어댄다. 안방에서 불이 켜지고 방문에 그림자가 비쳤다.

"아들아, 무슨 일이냐? 어서 들어오너라!"

잠에서 깬 어머니가 밖으로 나오셨다. 담장 뒤에 서 있는 아들을 발견하고는 깜짝 놀라 손을 잡고 방으로 들이셨다. 다 큰 아들에게 팔베개해 주고 어머니는 희망과 용기를 심어 주었다. 그날 나를 다독여준 어머니의 목소리가 없었다면 오늘날 나는 없었을지도 모른다.

꿈속에서라도 예쁜 한복을 꼭 입혀드리고 싶었다. 자연인으로 새로운 인생을 나서려니 두려움과 설렘이 교차한다. 돛대 없이 바다를 항해하려는 배처럼 마음이 흔들린다.

"아들아, 그동안 고생했다. 남은 생애 더욱 멋지게 살아가다오."라는 어머니의 따뜻한 격려의 목소리가 들려오는 듯하다.

팔베개로 안아주시며 소곤소곤 들려주시던 그때 그 어머니 목소리가 또다시 그립다.

신호등

"아버님, 우리 직지사로 가족 여행 가요. 꽃무릇 정원을 선물해 드릴게요. 즐거운 여행 모셔 드릴 테니 준비하세요."

여행 생각으로 들뜬 며느리가 흥분하며 하이톤으로 제안했다. 끝이 보이지 않는 코로나 시대를 살아내느라 며느리는 육아에 지쳐있었다. 늦장마와 태풍까지 겹쳐서 더 힘들어하는 며느리가 안쓰러워 여행 일정을 잡은 것이다.

출발하는 날 오후 비 예보가 있었지만, 다행히 날씨는

좋았다.

천년 고찰인 직지사의 산책로에 들어섰다. 입구부터 만세교까지 좌우에는 붉은 융단을 깔아 놓은 듯 만개한 꽃무릇이 장관이다.

꽃술을 세운 채 얼굴이 온통 붉게 물들었다. 사랑하는 이를 그리며 기다리는 모습이 너무도 간절하다. 꽃이 먼저 피고 잎이 나기에 꽃과 잎이 서로 만나지 못해 상사화라 부르는 걸까? 이룰 수 없는 사랑에 애가 타 금방이라도 눈물방울이 뚝뚝 떨어질 것만 같아 가슴이 저리다.

산사의 숲속에서 오랜 세월 자라온 노송과 꽃은 어려움 속에서도 꿋꿋이 살아오던 시절 인연을 노래하고 있다. 비단 같은 꽃밭의 빼어난 아름다움에 도취해 첫사랑의 아련한 기억이 떠오른다.

땅에 떨어진 낙엽을 주워 보았더니 그 속에도 세월이 담겨 있는 듯하다. 흘러간 세월을 멈출 수는 없지만, 마음속에 추억이 살아있어 행복했다. 꽃잎이 예뻐서 사진을 찍어주고 이야기하면서 가족과 함께 걷는 길은 너무도 행복했다.

며칠 전 며느리와 주고받은 카톡 내용이다.

"아버님, 어제 파전 너무 맛있게 먹어서 내일은 녹두전 부쳐서 들를게요. 저도 애들 키우면서 덕분에 바람도 쐬고 맛있는 것도 먹어요, 아버님의 재미있는 얘기들도 많이 들어서 너무너무 좋고 행복해요."

"며늘아, 이렇게 카톡 보내놓고 녹두전은 어떻게 된 거냐?"

"아버님, 그게 글쎄 생각 없이 친정 부모님 댁으로 보내 드렸지 뭐예요. 출산하고 보니 정신이 깜빡깜빡해요. 그래서 오늘 여행을 계획하고 모신 거예요. 이곳 맛집에서 녹두전과 산나물 비빔밥 사드릴 테니 맛있게 드셔야 해요."

"그래? 신호등이 고장 나면 교통사고가 크게 난다."

내 답장 카톡 이야기를 나누면서 가족 모두가 한바탕 웃었다.

어린 나이에 결혼하여 연년생 남매를 낳고, 육아로 지

칠 법도 한데 이런 자리를 만들어준 며느리의 속 깊은 마음이 감동이다.

살며시 눈을 감고 직지사의 풍경 소리와 숲속의 자연 소리를 들으며, 가족을 돌아보는 여유와 힐링의 호사를 누렸다.

우리 인생길 곳곳에서 신호등의 지시를 따르지 않으면 방향을 잃고, 혹독한 시련의 아픔을 맛보게 된다. 빨간불에서는 멈추고 파란불이 켜질 때는 가야 한다.

그동안 나의 삶 속에서도 좌로나 우로 가는 선택의 갈림길에서 신호등의 순리를 지켜야 함이 그리 쉽지는 않았다. 흘러간 세월은 멈출 수 없고, 청춘은 되돌려 받을 수도 없다. 느리게 걷고 생각하는 것이 방향을 잃지 않고, 사색의 무거움은 발자국을 더욱 깊게 만든다는 것을 가슴에 담았다.　　　　(2023 한국문인 신인문학상)

아버지의 꿈

"아들아, 돈 100만 원만 빌려주어야 하겠다."

좀처럼 부자간에 속내를 드러내지 않는 아버지가 근심 어린 얼굴로 나를 바라보며 간절한 눈빛으로 말씀하셨다. 금방이라도 눈물이 날 것 같은 거절할 수 없는 분위기였다. 그때 내게는 결혼자금으로 은행에 저축해 모은 100만 원이 조금 부족한 돈이 있었다.

"아버지 적금 해약하고 다음 달 봉급까지 미리 받아서 드릴게요. 그런데 그 돈 어디에 쓰시려고요?"

"급하게 쓸데가 있단다. 지금 키우는 저 황소를 팔면

되겠지만 집안의 전 재산이니 차마 그럴 수는 없다. 올해 담배 농사 잘해서 꼭 돌려주마."

안도의 한숨을 내쉬고는 소를 몰고 들로 나가시는 아버지의 쓸쓸한 뒷모습을 보았다.

가난으로 한이 맺힌 아버지는 어린 다섯 남매를 키우느라 늘 동분서주했다. 추운 겨울 폭설이라도 내리는 날이면 우리 집 마당은 우선 길만 내고, 이웃 부잣집 마당을 먼저 쓸어 주셨다. 시간을 내어 나무도 한 짐 해서 명절 때마다 마당에 가지런히 쌓아 놓으셨다.

어린 나는 그런 아버지의 모습이 부끄럽고 자존심이 상했다. 끝내 참지 못하고 어느 날 화롯불에 고구마를 구워 주시는 어머님께 나의 속마음을 이야기했다.

"우리는 농토가 없으니 그 지주의 눈도장을 받아 놓아야 논과 밭을 얻어서 농사를 지을 수 있단다."라고 어머니가 말씀하셨다.

생계가 어려웠던 그 시절은 농토 임대도 이웃 간에 경쟁이 심했다. 그렇게 어렵사리 살림을 모은 아버지는 이

옷집 송아지를 한 마리 얻어 애지중지 키우셨다. 외양간을 얼마나 깨끗이 관리하셨던지 송아지 털이 윤기가 자르르 흐를 정도였다. 무더운 여름이면 수시로 목욕을 시키고, 털 관리를 정말 열심히 하셨다. 소 풀을 베어오는 것과 소죽을 끓이는 것은 어린 우리가 당번이었고, 그것이 일상생활로 이어졌다.

그렇게 키워서 일 소가 되면 농사를 짓고, 겨울이 오면 팔고, 또 송아지를 다시 사서 키우며 재산을 불렸다. 소는 우리 집 전 재산 1호요 아버지 인생의 전부였다. 아버지는 가난의 대를 물려주지 않겠다는 집념으로 몸이 부서지도록 황소처럼 열심히 일만 하셨다.

산과 들에 진달래가 온 누리를 덮고 꽃향기가 봄바람 따라 코끝에 스미는 날이다. 평소처럼 배낭을 메고 물길 따라 산길 따라 계단을 걸었다. 숨소리가 점점 거칠어진다. 오르고 한참을 올라도 끝이 없는 저 계단이 내 인생길 같아 보였다.

'어찌 이리 등산길이 힘들고 어려울까? 여기서 내려갈까?' 하고 멈추어서 땀을 닦으며 한숨을 돌리는데 '아니야, 여기까지 왔는데 정상을 가 봐야 하지 않겠나?'라고 누군가 말하는 것만 같았다.

얼마나 더 왔을까 하고 숨을 내쉬고 바라보니 고개 넘어 대궐 같은 큰 집이 보인다.

'누가 이 산중에 저렇게 큰 집을 짓고 살고 있을까? 저기서 하룻밤 쉬어 가보자.'

그 집에 들어가려고 하는데 한 하인이 길을 막는다. 어떻게 왔느냐고 묻기에, 등산길을 잃어 쉬어 가려 한다고 하니 주인 허락을 받아 오겠다고 한다. 기다리는 동안 주변을 둘러보니 마당에는 많은 하인이 각자의 일을 하느라 바쁘게 움직였다.

그런데 저 멀리 대청마루에 한 노인이 앉아 고기 안주에 술상을 마주하고 대화를 나누는데 그 모습이 영락없는 아버지였다. 곧이어 여주인이 대문을 열고 나오는데 나는 그만 깜짝 놀랐다. 엄마다. 나도 모르게 와락 끌어

안고 울었다. 어머니가 포근히 안아주며 말했다.

"아들아, 기다리고 있었다. 고맙다. 네가 아버지께 준 그 돈으로 이곳에 집을 마련했단다. 젊어 고생했는데 이제 아들 덕분에 영화를 누리고 산다. 어서 아버지께 가자."라며 내 손을 잡아끌었다.

순간 잠에서 깨어났다. 아쉽고 허탈한 꿈이었다.

밖을 내다보니 창문 사이로 햇살이 비치고 꿈속에서 만난 아버지가 새삼 그리움으로 다가온다. 살아생전 어머니와 다정하게 손잡고 보내는 아버지의 모습을 본 적이 없다. 그래서 꿈속에서 다정한 모습으로 찾아오셨는가 보다. 사랑의 표현이 서툴렀던 아버지는 그 적은 돈으로 엄마에게 마지막 사랑의 선물을 한 것이 아니었을까?

생전 누리지 못한 정을 마음껏 누리고 사는 것을 꿈속에서라도 보니 마음이 편안해졌다. 고생만 하신 어머니를 편하게 해주고 싶은 간절함에 아버지에게 그 돈이 꼭 필요하지 않았을까? 그것이 아버지의 마지막 꿈이었는

지도 모른다. 그 이야기를 알려 주고 싶어 꿈속에 찾아오셨나 보다.

황소처럼 일하고 가장으로서의 자리를 굳건히 지켜온 아버지의 인생길을 생각한다. 보고 싶은 아버지의 마지막 꿈은 무엇이었을까? 나는 아버지의 역할을 얼마나 잘 감당했을까? 자식이 직장 생활을 하는데 어떤 고민을 하고, 아내와 의견 충돌을 하여 무엇을 걱정하며 살고 있는지 살펴볼 겨를도 없었다. 나 역시 아버지처럼 밤낮을 가리지 않고 일하여 손끝과 허리가 아파도 쉴 틈조차 없는 세월을 보냈다.

아버지의 빈자리가 이렇듯 크게 다가올 줄은 정말 몰랐다. 벽에 걸린 사진 속에서 묵묵히 바라보는 눈빛을 마주하니 그리움만 뜨겁게 달아오른다.

아버지는 입버릇처럼 말씀하셨다. 달리는 열차에서 탈출하여 일제 징용을 피할 수 있었고, 6·25전쟁 때 생존하지 못했으면 너는 세상에 태어나지도 못했을 것이라고. 힘겨운 시대를 살아내고 가난한 농부로서 고단한 삶을 헤쳐 나오느라 인생의 전부를 내게 내어주신 아버지다. 용돈 한번 제대로 드리지 못하고 빌려준 돈을 돌려받으려 했던 속 좁은 생각에 못내 목젖이 뜨거워진다.

(2023 한국문인 신인문학상)

인연

"동생! 너도 이제 결혼해야지!"

청명한 가을날, 전화가 왔다. 누님이 뛸 듯이 기뻐하며 맞선 제안을 해왔다. 평소 알고 지내는 어느 여사님의 딸인데 참 곱고 아름다운 분이라고 했다.

"누님! 나는 아직 준비된 게 하나도 없어요."라고 거절했으나 얼굴이 예쁘고 마음씨도 고운 아가씨가 있으니 한번 만나 보라고 채근했다. 누님은 청주 터미널 부근 다방에서 만나기로 약속했으니 그리 알고 내일 버스정류장으로 나오라고 했다.

안개가 자욱하게 드리운 아침, 기대 반 설렘 반으로 버스를 탔다. 그런데 좌석에 앉은 누님의 얼굴빛이 시무룩하다. 한참 동안 창밖을 바라보더니 조심스럽게 말을 꺼냈다. 애초 나오려고 했던 아가씨가 아닌 다른 아가씨가 나온단다.

기분이 상한 나는 보지도 않고 돌아가겠다고 했다. 누님은 "누가 아니? 더 예쁜 아가씨가 나올지? 속는 셈 치고 한번 가보자."라면서 내 팔을 끌어당겨 얼떨결에 맞선 장소로 갔다.

은은한 조명 아래 예쁜 여성이 앉아 있었다. 그녀는 수줍어 보였지만 성격이 원만했고 웃음이 넘쳤다.

"나는 사회 초년생으로 결혼에 대해 준비된 것이 없고, 집안에서는 장남의 역할까지 해야 한다."

내 소개를 했는데 살며시 알 수 없는 미소만 짓는다. 가슴이 두근거리고 떨려서 커피를 어떻게 마셨는지도 모른다.

그녀가 맞선 장소에 대신 나오게 된 숨겨진 이야기를

차분하게 말해 주었다. 나를 자신의 사위로 삼고자 했던 지인께서 딸에게 맞선을 보자고 하니 이미 남자 친구가 있었던 지인의 딸이 흔쾌히 그러겠다고 대답하고서는 어머니 몰래 밤에 외출해 버린 것이었다. 날이 밝은 아침에 이 사실을 뒤늦게 안 중매자는 당황했다. 평소 알고 지내던 중매자가 그녀에게 부탁하여 오늘 나오게 되었다고 했다.

옷깃만 스쳐도 인연이라 하지 않던가. 잠시 만나는 만남도 우연일 수는 없다. 평생을 함께 걸어가는 반려자를 만나려면 억겁의 인연이 있어야 한다.

나는 다음에 또 만날 약속의 시간을 정하고 돌아왔다.

온통 머릿속에는 그녀의 모습으로 꽉 차버렸다. 혹여 마음이 변하지는 않을까? 또 만날 수 있을까? 기다림과 염려가 가슴을 두근거리게 했다. 이불을 뒤척이면서 밤잠을 못 이루기도 했다.

그 후로 우리는 청주 고급 카페에서 차도 마시고 유성온천 여행도 하면서 사랑을 키워갔다. 내가 보고 싶을 때

눈을 뜨면 사랑하는 반려자를 매일 볼 수 있다는 행복한 꿈을 꾸고 싶었다. 가을 열차 여행을 하면서 사랑을 약속하고 그해 결혼식을 올렸다.

그런데 신혼 생활은 그리 넉넉하지 못했다. 고추 건조실을 개조하여 만든 쪽방을 임대해서 시작한 신혼 생활은 밤에 천정에서 별이 반짝이었고, 근처 냇가에 가서 손빨래하여 짤순이를 돌려야만 했다. 아내가 공무원의 박봉으로 가정생활을 꾸려가기엔 힘겨웠다.

일에 중독돼 밤늦게 집에 돌아오는 남편을 기다리며 남매를 키우느라 고생도 많았다. 그로 인해 산후 우울증으로 말할 수 없는 고통을 겪었다. 때로는 수술용 고무장갑 포장 작업을 하청받아 번 돈으로 생활비를 보태기도 했다. 그렇게 돈이 모이자 증평 시장에서 가방 소매점을 냈다. 30년 넘게 운영하면서도 불평 한마디 하지 않고 지켜온 손등엔 세월의 잔주름만 남았다.

반평생이 지나 그날을 생각해 보니 선물처럼 내게 다가온 인연이 참으로 놀랍다. 입가에 웃음이 절로 난다.

지방자치의 최전선에서 40년 공직 생활을 성공적으로 마칠 수 있도록 내 곁을 지켜준 아내가 고마웠다.

늦게나마 보답해야 한다는 마음이 밀려오면서 해외여행 한번 하지 못한 아내와 서유럽 5개국 여행을 함께 했다. 손을 포개어 그간의 희생에 감사한 마음을 전했다. 아내의 손이 가냘프게 떨린다.

chapter 3

소풍 같은 인생

버팀목

봄날의 화려했던 꽃 잔치가 막을 내리고 어느새 5월로 접어들면서 초록이 날로 무성하다.

이 아름다운 계절, 주말에 아내와 함께 강원도 인제에 자리한 자작나무 숲길을 찾아 나섰다. 자작나무는 순백색 나무껍질과 연둣빛 새잎이 어우러져 다른 계절과는 또 다른 아름다움을 선사하고 있다.

탐방로는 치유에서 달맞이 숲 코스에 이르기까지 다양한 구간이 정비되어 있고 곳곳이 포토 핫스팟이고 힐링과 탐방에 감성까지 더해 주고 있다.

첩첩산중 아스팔트가 아닌 나뭇잎이 비단 같이 깔려 있는 자연의 아름다움과 생태가 보존된 탐방로를 아내와 함께 걷는다. 저절로 심신이 치유되는 듯 상쾌함이 스민다.

연두색 초록 잎새에 덮인 자작나무를 바라보았다. 초록 잎새로 숲을 이룬 모습이 마치 수줍은 얼굴로 나와 처음 만났던 아내의 얼굴 같다.

함께 숲길을 걸으면서 속마음을 터놓아 이야기도 하면서 아내의 따뜻한 손을 잡으니 둘이 하나 되는 행복감이 스며든다.

원시적 막대로 지어놓은 저 집은 누가 살았을까? 산 정상을 오르며 야생화 물결에 마음을 주고받는다. 숲길을 따라 함께한 해설사로부터 나무에 전해오는 이야기도 듣고 야생화 아기 동자꽃의 애절한 사랑과 슬픈 이야기를 들으며 걷는 내내 마음이 설렌다.

산을 오를 때마다 숨결은 거칠어지지만 오랜 세월 직장 생활에서 내려놓지 못한 마음에 상처가 내려가고 앞만 보고 살다가 남편으로서 아내에게 진정한 사랑을 주지 못한 아쉬움을 달래주는 것 같다.

자작나무는 성장하면서 천둥과 번개는 물론 자연재해로부터 고통과 아픔을 인내하고 껍질을 벗겨내는 수많은 희생으로 숲을 이루었다.

한 폭의 그림 같은 자작나무 숲을 바라본다. 아이를 낳고 산후 우울증을 앓느라 힘들었던 아내는 나를 기대어 의지할 수 없었을 것이다. 아내는 지금도 손자들과 육아 전쟁을 치르며 젖은 손이 마를 날이 없다. 그렇게 살도록 한 내가 얼마나 미울까. 그럼에도 내색 한 번 하지 않고 언제나 내 곁을 묵묵히 지켜온 아내, 수백 년을 지켜준 자작나무처럼 버팀목의 큰 나무가 되어주고 싶은 하루를 담는다.

천연 방부제

신록으로 접어드는 유월을 맞아 좌구산 탐방을 나섰다. 산 친구와 벗 삼아 삼기저수지 들머리로부터 시작했다. 좌구산은 거북이가 앉은 모습과 같다고 해서 붙여진 이름이다.

비 온 뒤 호수 주변엔 어린 시절 따먹었던 빨간 산딸기가 유혹하고 야생화꽃이 화려한 자태로 한창이다. 아침 이슬을 함초롬히 머금은 나뭇잎이 햇살에 눈 부시다.

어느덧 태양은 뜨거운 정열을 선사하고 밝고 맑은 순결한 계절이 소리 없이 우리를 스친다.

맑은 저수지 물속에 투영된 풍경이 수채화처럼 아름답다. 청둥오리와 노닐고 사시사철 먹이가 풍부하니 수달의 삶의 터전이다. 잔잔한 수면 위에 파문을 일으키며 튀어 오르는 물고기들의 물놀이에 저절로 힐링 된다.

오랜 역사를 지닌 삼기저수지는 농업용수 확대 정책에 따라 둑을 높이고 저수량을 크게 늘리는 공사로 침수지역 주민들이 고향 산천을 떠나게 되었다. 이후 산책길을 조성해서 많은 관광객이 찾아오는 명소가 되었다.

저수지에서 봉천까지의 하천을 생태 하천으로 조성하고 산책길과 주차장 등 편의 시설을 설치하고 주변의 젖소농장과 양계장도 이주시켜서 쾌적하고 맑은 공기와 수질 환경을 개선하여 걷기 좋은 탐방로로 조성하였다.

풀 냄새 꽃향기 따라가면 별천지공원과 야생화 정원 출렁다리 등 크고 작은 관광과 체험을 할 수 있어 즐겁다. 산딸나무와 단풍나무가 풍기는 피톤치드 향기가 코끝에 와닿는다. 출렁다리를 건너면 싱그러운 천연 자작나무 숲이 걸음을 멈추고 쉬어 가라는 듯 나뭇잎을 흔들어 손짓하며 부른다.

이곳을 지나 우주를 관찰할 수 있는 천문대를 살펴보고 등산 입구 낙엽송 숲에서 잠시 숨을 고른다. 줄타기와 레포츠 휴식 공간은 허공을 가르는 짜릿함을 체험할 수 있는 곳이다.

여기 좌구산 휴양랜드는 내가 증평군에 재직할 때 크고 작은 사업에 참여했다. 함께한 공직자들의 창의적인 아이디어와 숨은 노력으로 중부권 명품 휴양림으로 거듭났다. 등산로에는 적당한 깔딱고개와 한남금북 백두대간이 연결되어 종주 코스로 산악인들의 사랑을 받고 있다.

등산은 쉽지 않은 인생처럼 세상의 진리를 알려 주는 것 같다. 등산로에는 오르막길이 있는가 하면 내리막길도 나오고 굽잇길도 있어 앞이 보이지 않는다. 우리 인생도 좋은 일도 있지만 때론 어려움을 만나게 되어 고전하기도 하고 앞날이 보이지 않는 길도 있지 않던가.

칼춤 바위 등산로를 숨차게 걷다 보면 망개나무가 반가이 맞이한다. 진한 녹색의 망개에서 그 절개가 절로 느껴진다. 천연 방부제 망개나무잎은 예로부터 음식을 보관할 때 부패하지 않는 성분이 있어 방부제로 활용해 왔다. 그 옛날 냉장 보관시설이 없을 때 우리 식탁을 건강한 밥상으로 지켜내고 음식문화도 풍성하게 해준 고마운 나무다. 어린 시절 망개떡하고 외치며 늦은 밤 간식을 제공하던 추억이 그립기도 하다.

초록 망개나무 열매를 보면서 공직 생활의 과거를 회상해 본다. 재직시절 공장 민원 처리의 어려움이 닥쳐올 때 자리를 바꿔 달라고 하면 청렴하고 추진력 있는 적임자를 찾을 때까지 조금 더 버티라는 지령에 서운하기도 했다. 공직 생활 중에 불가한 민원일수록 달콤하고 솔깃한 유혹의 손길이 있었으나 그때마다 청렴한 가치관과 의지가 없었더라면 지켜내기 힘든 과정이었다.

관리자로 승진하여서도 자기관리는 어려운 일이었다. 쥐덫의 미끼가 탐스러운 것처럼 항상 유혹은 달콤하게 다가오기에 더욱더 어려웠다. 지나친 열정과 욕심이 큰 화를 부를 수 있기에 처신에 신중해야 했다.

그런 유혹을 순간에 흔들려 정든 자리를 불명예로 떠 난 동료들이 수없이 있었다.

지금 와서 생각해 보면 남보다 앞서가려고 무리하고 달려가지는 않았는지 되돌아본다. 내 마음속에 망개처럼 천연 방부제가 자리 잡고 있었기에 가치관을 정립하고 보낸 시간이 새삼 소중했음을 망개 열매가 일깨워준다.

들꽃 향기가 흐른다

태풍 '카눈'이 폭풍처럼 휩쓸고 지나갔다. 이어서 팔월의 불볕더위가 절정에 다다르며 이글거리는 태양이 내리쬔다.

무더운 여름, 손주들 육아로 지친 아내에게는 위로가 필요했다. 우리 부부는 어둠이 걷히지 않은 새벽에 관광버스에 올라 곰배령으로 향했다. 우리가 숙소로 정한 지역 펜션은 산림청에서 하루 방문객을 900명으로 제한하는 곳이다. 그래서 온라인으로 신청해야 한다.

세속에 묻혀 살아온 시간을 기억하고 싶지 않아서인지

버스는 빠르게 달렸다. 도시의 한편이 어둠 속으로 사라지고, 며느리 고개를 타고 넘어 '강선리'라는 아주 작은 마을을 만날 수 있었다.

관광버스가 마을 초입 주차장에 우리를 하차시켰고, 우리도 등산을 위해 여장을 풀었다. 이른 아침인데도 전국에서 자연 탐방을 하려는 수많은 사람들이 모여들었다.

동네를 다 뒤져도 서너 가구밖에는 살지 않는 마을을 지나 좁은 산길을 오르기 시작했다. 오솔길 옆에는 작은 시냇물이 흐르고 산 중턱 위로 화전민이 살고 있다는 낡은 초막에 떠오르는 아침 햇살이 반짝이고 있었다.

아내와 함께 걷는 길엔 바람 소리가 울리고, 들은 적도 본 적도 없는 수많은 들꽃이 인사를 한다. 곰배령 주변에 연보랏빛 금강초롱, 하얀색 궁궁이, 암수 따로인 눈개승마, 한약재의 일종으로 사약을 만들 때 쓰인다는 독초인 투구꽃은 독을 품어서일까 정말 아름답다. 산바람에 꽃이 흔들거린다는 붉은 말나리, 흰색과 자주색 빛을 띤 눈

괴불주머니, 쌈으로 먹는다는 어수리잎, 새삼과 아기 앉은 부처는 놀라운 모습으로 우리에게 다가와 말을 건다. 전날 내린 비로 폭포 소리가 귀를 스치고 물바람이 마음 속까지 불어온다.

새로 얻은 직장은 복지가 잘되어 있어서 종종 주말에 여백의 시간을 갖는다. 자연으로 돌아가는 기쁨과 행복감을 나의 어눌한 입술로는 표현하기 힘들 정도다.

젊은 날, 땀을 흘리며 앞만 보고 달려왔다. 하늘을 올려다 보지 않아서 어떤 별들이 떠 있는지조차 모르고 살았다. 두 손을 치켜들고 긴 호흡 한번 할 시간도 없이 일 중독에 빠져 청춘의 정열을 불태웠다. 인생의 사잇길을 뒤로한 채 땅만 보고 걸었다. 모진 세월은 이마에 굵은 주름을 계급장처럼 남겼고, 고운 손등엔 고난의 잔주름을 그려 놓았다.

잠시 걷던 발걸음을 멈추고 둔덕에 앉았다. 젊은 날의 추억과 회한이 가슴에 내려앉는 그리운 온기를 느낀다. 휴식의 시간이 달콤하다. 그 옛날 어려웠던 시절, 땔감으로 민둥산이 될 뻔했던 산과 들이 자리를 지키고 꽃향기 그윽한 자연을 빛내준다. 늘 변치 않고 반기는 정겨움이 고맙다. 숲을 가꾸고 지킨 산림청 관계자들의 노고에 절로 고개 숙어진다.

곰배령을 오르다 문득 '새삼'* 같은 사랑이 하고 싶어졌다. '새삼'은 다른 식물과 엉켜있었는데 그 둘은 서로를 감고 있는 것이 아니라 서로에게 착 달라붙어 기생하고 있어 둘을 분리한다는 것은 둘을 다 죽이는 일이라는 야생화 해설가의 설명이다. 불현듯 사랑이 그리워진다.

풀밭 사이로 나 있는 예전에 가보지 못한 풀꽃 길과 만났다. 천상의 화원 위로 펼쳐진 하늘에 더욱 넓어지는 세계가 열리고 있다.

정상에 오르니 키 작은 수많은 풀꽃이 말을 걸어온다. 동서남북으로 둘러보는 시야에는 작은 꽃들의 물결이 무릎 아래에서 일렁이고 있다. 무릎 위의 세상과는 너무나 대조적인 모습이다. 나도 그들처럼 낮아질 수만 있다면

---

* 메꽃과의 한해살이풀

얼마나 좋을까. '새삼' 같은 사랑을 할 수 있으리라는 생
각이 들었다.

곰배령에는 수많은 야생화가 향기를 토하며 드넓은 세
상을 품고 있다. 나의 남은 생애는 곰배령의 들꽃처럼 향
기 나는 삶을 살아가고 싶다.

눈꽃이 피었습니다

오래오래 기억에 남을 발왕산 여행이다. 올해는 이곳에서 눈 구경을 정말 원 없이 하는 것 같다. 발왕산 용평리조트의 눈은 뿌리는 눈이 아니고 쌓여 있는 눈이다. 게다가 내가 매우 좋아하는 짙은 안개가 싸인 정경 또한 쉽게 잊지 못할 장관이다.

옆지기도 모처럼 휴가를 내고 출발한 강원도 여행이다. 창을 통해 보이는 전나무 숲속의 숙소 또한 아름다운 추억으로 남을 것 같다. 마치 숲속에 있는 듯한 느낌을 주어 산림욕을 하는듯한 기분이었다.

케이블카의 왕복 길이는 7.4km 우리나라에서 최장의 길이라고 한다. 우리나라에서 가장 높은 곳에 지어진 스카이워크에서 날씨가 좋은 날은 강릉 바다까지 보인다고 한다. 사계절 느껴지는 감동은 모두 다르겠지만 내가 방문했던 날씨가 나는 제일 좋았다.

티켓 구매도 모바일로 간편하게 할 수 있는데 사용하지 않으면 환급도 100% 해 준다고 한다. 할인 행사도 이것저것 많이 해 주고 있었다.

국내에서 가장 둘레가 큰 것으로 추정되는 산사나무, 겸손 나무 숲길을 가로질러 자라 길을 통과하는 사람들은 인사하듯 고개를 숙이고 걸어야 한다. 정상 부근에 서식하는 마유목은 발왕산 탐방의 핵심 코스다. 마가목 씨가 야광나무 안에 발아해 야광나무 몸통 속으로 뿌리를 내린 국내 유일의 이종(異種) 복합 일체형 나무다.

이 세상에서 유일한 마가목이라는 뜻으로, '마유목'이라고 이름 붙였다. 마가목이 자라며 야광나무가 뒤틀렸는데, 그 나무껍질이 경이롭다. 사람들이 나무를 보며 감동하는 이유는 상생의 의미를 지녀서다. 야광나무는 쓰러져 고사할 만한 수령이 지났음에도 마가목이 파고들어 자란 덕에 지금까지 꿋꿋하게 살아있다고 한다.

하늘을 날다

 렌터카 시동을 걸고 차를 몰았다. 풀향기 가로수를 누비며 가는 여행길이다. 단산 모노레일에 탑승하여 친구들과 함께 멋진 인생 최고 장면도 건지고 문경약돌 쇠고기로 초복 복 땜도 했다.

 친구들과 평생을 고생한 아내에게 신세계도 보여주고자 기획했다. 문경에 있는 활공랜드라는 곳에서 어찌나 좋아하는지 이번 여행은 성공이다.

"이곳은 『바퀴 달린 집』에서도 나온 적이 있는 곳입니다. 아이유랑 진구도 이곳을 다녀간 유명한 패러글라이딩 장입니다."

티켓팅 하는데 활공랜드 사장님이 직접 문경 관광과 단산 월악산에 관해 친절하게 설명도 해주고 파이팅까지 주니 신바람이 절로 났는데 "활공장에서는 강사가 기념 촬영을 해주고 자리 배치해 줍니다. 장마가 끝난 후라 청명하고 바람이 적당해서 그냥 선체로 이륙해서 편하게 하늘을 날아오릅니다."라고 했다.

비행기가 아니고는 하늘을 날아 본 적이 없는데 줄 하나에 의지한 채 새처럼 하늘을 나는 기분이 신기하기도 설레기도 했다.

실제로 하늘에서 내려보는 문경 경관과 주흘산, 월악산 풍경이 멋진 신세계였다.

싱싱하게 자라는 볏논 풍경은 녹색의 바다였다.

봄바람

월악산 산길 따라 꽃향기
풀 내음이 가슴속에 스민다

함께 하는 문학 투어는 소년 소녀가 소풍 가는 길이다
무엇이 그리 좋은지 참새처럼 재잘재잘대다가
약속도 한참이나 늦었다

우리를 기다리고 피어준 산 벚꽃이 꽃잎을
흩날리고 고사리 같은 나뭇가지 흔들어 반긴다

향기 나는 매화

　매화를 시작으로 화려한 봄날의 꽃바람이 내 가슴속으로 살며시 스민다. 섬진강을 품에 안은 광양 매화는 겨울 추위에 메말랐던 사람들을 불러 모아 인산인해다. 한류 문화 덕일까, 외국인도 많고 주말이라 젊은 청춘이 많아 활기가 넘친다. 광양시립 예술단원의 공연은 축제의 하이라이트다.

　역시 축제는 향토 음식이 빠질 수 없다. 이곳에서 나는 재첩국과 비빔밥 그리고 벚굴의 맛은 살아서 꼭 한번 먹어 봐야 하는 미식이다.

문학 기행

초록이 짙어가는 여름 문턱에서 꽃향기에 취해 발길 따라 오른다.

우거진 숲을 따라 꽃바람 향기가 가슴으로 스미고 꽃은 향기로 유혹하지만, 나비는 꽃잎의 마음을 열지 못한 듯 옷깃을 여민다.

소월 경암문우회원들과의 여행은 언제나 즐겁다. 이번 문학기행 역시 수목원의 아름다움과 문학의 향기가 물씬 풍겨 나의 인생을 빛내준다.

문우들과의 여행은 풀 한 포기 나무 하나도 시의 대상

이고 산문의 소재가 된다. 함께 걸으며 나누는 대화가 문학적이고 시적이니 시간 가는 줄 모른다.

이곳 백야자연휴양림은 음성군 금왕읍 백야리에 있는 공립자연휴양림이다. 지정 면적은 37ha이다. 휴양림에는 숙박시설, 자동차 야영장, 수목원, 목재 문화체험장 등 다양하게 갖춰져 있다. 숙박시설과 캠핑사이트는 '숲나들' e사이트를 통하여 사전 예약하여 이용할 수 있다.

수목원에는 난대식물을 관찰할 수 있는 유리온실, 자라 모양을 닮은 자라 암석원, 여러 종류의 장미를 구경할 수 있는 장미 동산이 있다. 목재 문화체험장은 관람 및 목공예 체험이 가능한 공간이다.

소풍 같은 인생

핸드폰이 요란하게 울렸다. "뭐 하세요? 지금 몇 시인데 아직도 도착이 안 되고 어디세요?" 동호회 사무국장으로부터 독촉 전화에 이끌려 연주장에 도착했다.

몇 년을 배운 사람은 조금만 연습하면 연주할 수 있겠지만 나 같은 초보가 함께 연주하게 될 거라고는 꿈에도 생각해 보지 않았다. 회장은 앙상블은 다 함께 출연하여야만 한다고 했다.

초급반을 위해 쉬운 곡을 선택했단다. 「당신이 좋아」는 초급반을 위한 곡이고 「소풍 같은 인생」 「추억의 소야곡」은 중급반이 한단다. 그런데 2곡을 연주하면 어떻게 해야 할지 걱정이 되곤 했다.

주민자치프로그램에서 색소폰을 배운 지 1년이 되었다. 말이 1년이지 수업하는 날만 색소폰을 열고는 집에 와서는 고이 모셔 두었다. 굳이 배우고 싶어서 한 것이 아니다. 6개월 정도 가방 들고 학교에 가는 학생처럼 색소폰을 들고 다녔을 뿐이었다.

그러던 중 증평예술제가 코로나가 끝나고 처음으로 연주회를 해야 한다는데 회장은 다 같이 연주하자고 했다. 내 실력으로 무대에 서긴 역부족이었다. 어찌어찌 두 곡은 그런대로 불 수가 있는데 중급반이 연주하는 곡은 어려워서 중간에 내려와야 하는지 더욱 고민이 되었다.

문득 중간에 내려오면 어색할 거 같고 나라고 못할 게 뭐 있나 하는 오기가 슬그머니 올라왔다. 오기가 발동하니 나도 할 수 있을 거라는 생각이 내 머릿속을 채웠다.

처음에는 손가락이 말을 듣지 않는다. 제대로 될 때까지는 빠르기를 늦추다가 원만하게 불 수 있게 되었을 때

원래의 빠르기로 바꾸며 매진했다. 안 되는 것이 어디 있던가「소풍 같은 인생」을 불 수 있게 되었다.

노력해서 성공하니 재미도 붙고 기쁨도 배가 되었다. 문제는「추억의 소야곡」이었다. 아래 '도'와 아래 '시'가 있는 저음으로 부르는 곡이라서 배우려고 하지도 않았던 곡이다 '남인수' 가수의 멋진 가창력을 보면서 나도 노래도 잘 부르고 색소폰도 잘 불었으면 하는 바람이 들었다.

다부진 마음으로 아침부터 연습에 몰입했다. 마음을 다잡아 연습하는데 자꾸 틀린다. 마음대로 되지 않으니 머리가 지끈거렸다. 이걸 왜 해야 하지 귀찮아지기도 하고 하기 싫기도 했다.

저녁 늦게 다시 색소폰을 잡았다. 오늘 안에 되지 않으면 잠도 안 잘 작정으로 연습에 연습을 거듭했다. 한번 마음먹으면 될 때까지 하는 성격이다. 색소폰을 잡고 씨름했다. 처음에는 느리게 불다가 조금씩 빠르게 연습했다. 시간이 흐르자 이 곡도 연주가 되었다. 무대에서 실수하지 않고 색소폰을 연주할 수 있다는 희망을 보았다.

실제로 예술제 무대에서 첫 공연을 나도 멋지게 연주하여 관중의 함성과 박수 소리에 무대의 맛을 느껴볼 수 있어서 좋았다. 성공적인 공연을 하고 나니 무슨 일이든지 도전할 수 있으리라는 자신감까지 덤으로 얻었다.

색소폰은 연습을 거듭해도 쉽지 않다. 시간이 될 때마다 가지고 놀아야겠다. 배우며 세상 사람들과 어울려 사는 행복한 삶이기를 바라본다.

시련은 있었지만, 꽃이 피었다

"저리 아프면 치료도 어렵고 내 아들만 고생이니 헤어짐이 어떠냐?"

아내가 산후 우울증으로 고생하는데 어느 날 어머니가 조용히 나를 부르셔서 하신 말씀이었다. 놀란 나는 어머니 품에 안기며 속삭이듯 말했다.

"어머니의 걱정은 이해해요. 그러나 조금만 더 치료하면 깨끗하게 치료되니 기다려 보세요."

걱정하시는 어머니를 뒤로하고 돌아오면서 숨죽여 흐느껴 울었다. 거짓말처럼 아내는 얼마 후 완치되었고 두

남매를 키워냈고, 오늘 우리의 결혼 40주년을 맞이하였
다.

　며느리가 저녁을 준비하고 손자 손녀와 영상을 보면서
파티했다. 흔들리지 않고 지켜왔기에 오늘의 행복한 꽃
이 피었다.

　고생한 아내에게 한없이 고맙다. 그리고 우리 가족 모
두에게 사랑하는 마음을 전한다.

긴 세월 신뢰와 책임감으로
가족을 위해 헌신하시고
사랑과 희생으로 든든한 버팀목이
되어주셔서 감사합니다.
앞으로도 늘 건강하고 행복하게
오래오래 서로를 아껴주세요.

두 분의 결혼 40주년을
진심으로 축하드립니다.
-사랑하는 가족이 된 며느리-

미생으로 살아간다

김조현 수필집

미생으로 살아간다